文芸社セレクション

幸せってなんでしょう

木村 敏子
KIMURA Toshiko

文芸社

目次

明日があるから

自分の命をもて余している人
命が足りなくて必死になっている人
命を自ら捨ててしまう人

時間を浪費している人
時間に追いかけられている人
時間はつくれない
時間は戻せない

命はつくれない

命はよみがえらない

明日を知らずに暮らしているが
今日の暮らしが明日に続く保障はない
しかし時間は明日に続く

命がある限り明日が来るから
分らないことは明日に託そう

明日があるから
今日の幕はひとまず下ろそう
希望に続く明日があるから

主よどうぞ今日を守って下さったように

明日をも私をお導きください

「しろ」と私

小雪が花びらのように舞う二月のある日、玄関の脇の植え込みの下に彼女はうずくまっていた。夫は「こいつ怪我しているぞ」と言った。何としても追い払わねば。私は何回もほうきで植え込みから追い出した。すると彼女はニャ〜と言いながら逃げるのだが、いつの間にか元の場所に戻っていた。背中の大きな傷は赤く腫れ上がって痛々しかった。私はほうきを持つ手に自責の念を感じた。もし私がこの立場だったら…気持ちが緩んだ瞬間彼女と目が合ってしまったのだ。夫は「傷が治るまでや」と自分の食べ残しを「ホレ」と投げてやっていた。私はそう簡単に受け入れなかった。その時期には雄猫が群がり、また怪我をするかも。子供を産んだらどうすれば…悩みは尽きなかったがとりあえず「しろ」と名付けた。「しろ」は人に馴染みを感じさせる可愛らしい声で話しかけるのだった。

「しろ」はなついて、触れるようになったので、背中の傷を治してあげたいと薬を塗ったりしたが、一向に良くならなかった。

「しろ」は寝ぐらと食を得て落ち着き、私たちを信頼してきた。その容姿は白地に茶色の縞、左の頭には黒と茶色のリボン模様。性格はおとなしく、動きはまるでコアラのよう。どこか寂しい影を背負った少女のようでもあった。やっと落ち着いた頃のある日、三匹もの雄猫が「しろ」を狙い始めた。いかにも野性味溢れた野良猫たちは、凄まじいおたけびを上げて喧嘩を始めた。私は「しろ」を守らねばと時間のある限り近づいて来る野良猫を追い払ったが、当の「しろ」は、喉を鳴らし、体を擦りつけているのを見て、アホらしくなり、やめてしまった。

「しろ」が我が家に来てしばらく経った頃、傷は一向に治らず、お腹も大きくなってきて、たまらない目で訴えてきた。私はただ見守るしかなく、「よしよし」と慰めるほか成すすべがなかった。広島原爆にあった妊婦の姿と重なり、胸が痛んだ。病院へ連れて行ったら五万円は下らないだろう、年金暮らしの我々には…と現実に戻る。

しかし、帰郷した娘は、躊躇なく病院に連れて行った。そして人並みの治療が始まった。先生は、家の中で飼うこと。怪我の治療に合わせて、避妊手術も(そう言えばいつの間にかお腹はへこんでいた。流産でもしたのか)、寄生虫の駆除、エイズにもかかっているらしい。私の顔は引きつった。「先生、野良猫なんです」「それなら里親を探すとか、性格もいいし…」。しかしこんな病気持ちの怪我した猫を誰が貰ってくれるだろうか。見捨てる自分が許せず、結局自分で引き受けることにした。

それから「しろ」を加えた新しい生活が始まった。認知症の母と夜行性の猫は、一層私を寝不足にした。母のトイレ介助の姿が「しろ」には喧嘩しているように思ったのか、必ず出て来ては「にゃ~にゃ~」と叫んだ。

「しろ」は私の良い話し相手となった。「おばあちゃんたらね、食べても食べてもご飯を欲しがるのよ」「トイレも分らなくてね、困ったねー」「ふにゃ~」という具合に。

ある日のこと、母は熱が出てデイサービスから帰って来た。往診された先生は、今度は多臓器不全になっているので回復は不可能と言われた。私は最後まで家で看取りたいとはっきり告げた。昏睡状態なので、先生の指示に従い、食断ち、水断ちすること。最後は下愕呼吸に驚くかもしれないが本人は苦しくないのだけれど、辛かったら何時でも連絡を。と言って帰られた。果たして、その時がやって来た。まるで大男のイビキのようなのが始まった。「しろ」も飛んできて座った。私は耐えられなくなって外に飛び出した。深呼吸して気を取り直し、戻ったら「しろ」はじっと座って母を見つめていた。本能でただならぬ気配を感じたのか。猫でもそばに居てくれるのは心強かった。

私は心から「しろ、ありがとう！」と言った。やがて、母は私の腕のなかで静かに息をひきとった。

「しろ」の傷もやっと癒えてきたころ、今度は「しろ」が咳をして血の混じった痰をはくようになった。一ヶ月も看病が続いた頃、私の部屋で永遠の眠りについた。本当に診るのも辛い日々だっただけに、「しろ、やっと楽になれたね。ありがとうね」と感謝を込めて弔いをした。

私は、二つの死を通して「生と死」を、「生きていることの意味」を考えさせられる出来事であった。

幸せの青い鳥

人の話では、青い鳥に出会うと幸せになれるという言い伝えがあるようです。もしそうならば、私の大転換の猫生は、まさに幸せの青い鳥に出会ったに違いありません。

もし今苦しみの中にあなたが居るとしたら…私の考え方や選んだ道がちょっとでもあなたを、幸せの青い鳥に出会うきっかけになるならば、私を助けてくれた人たちへの恩返しにもなるし、家猫の冥利に尽きるものがあります。

人生には何度かの危機があって何度かの転機のチャンスがあると聞きました。私の一生もその通りでした。

それでは、まだうら若き時の私の歩みから天に昇るまでの話を聞いてくださいね。

第一部　私の遍歴

ある家族と一緒に

私は、最初はどこで生まれたのか覚えていません。だってとても小さい頃って誰だってそうでしょう？　私が覚えているのは、ある家にもらわれてきた頃のところからです。

もちろんその家の名字など知る由もないのですが、私はお母さんから離されてその家にもらわれてきたのです。私はただミャー、ミャーと泣き続けていたことは覚えています。

その家の家族は三人でした。パパとママと小学生ぐらいの女の子とそして私が加わったのです。

その子は、あかねちゃんといって、黒い瞳が長いまつげの奥でくりくり動いて、髪の毛を二つにくくり、いつも着せ替え人形のように色とりどりの洋服を着ています。みんなに明るく挨拶をするちょっとおませな、可愛らしい子で、私とあかねちゃんはすぐに仲良くなって遊び相手となりました。実は私をその家族にする為に何回も何回もママに泣いてお願いしてくれたらしいのです。

私は毎日あかねちゃんが学校から帰ってくるのを待ちました。あかねちゃんも私を「小雪」と名づけてくれました。ちょうど私がもらわれてきたときは小雪が舞っていたからだそうです。ちなみに、あかねちゃんの名前のゆらいは、生まれたときに空が茜色に染まって夢のような世界に感じた時だったからだそうです。

二人はいつも話しているか、じゃれ合いました。私は物陰に隠れて、ねらいを定めて、あかねちゃんに飛びつきました。するとあかねちゃんはキャー、と悲鳴をあげて降参するのです。私は前足であかねちゃんの頭を足蹴りするのが得意でした。そしていっしょに抱き合って寝るのです。毎日私の大好きなものをくれて、トイレの場所とふかふかのベッドも用意してくれました。

一ヶ月もした頃はすっかりその家に馴染んで、私は親と離れた悲しさも薄れてきました。

第一回目の転機です。

家族との別れ

パパはいつも夜遅くに帰るか、居ないことが多くて私にはあまり関心がないようにも思えました。とにかく家であまり話すことも団欒することもなくて、私とあかねちゃんの幸せな気分を分けてあげたいくらいでした。

ママも働いていました。いつもせわしなく動いて、文句を言い続けていました。

「あかね、また散らかしっぱなしで、何で片付けることを知らないの！」

「小雪、また襖をやぶったのかい、ほんとにしょうがないこと、もうこれ以上悪さしたらほうり出すよ」

「あかね、勉強はすんだの？　ほんとに猫とばかり遊んでいて…」

「パパは今日は何処でどうしているんだろうね。ああ、今月も赤字だわ。家族を何だと思っているのかしらね」

「ああ働き過ぎて肩が凝るわ、ちょっとあかねちゃん肩もんでちょうだい」

「猫の手も借りたいほどなのにお前は何の役にもたたないねー、やんなっちゃうわ」


やんなっちゃうのはあかねちゃんも私もいっしょなのに、ママの毎日毎日のこごとを聞いていると楽しい気分も遠慮がちになって二人で部屋の隅でママのカミナリがやむまでじっとしているのです。こんな繰り返しでしたがあかねちゃんと私はとてもとても楽しい日々でした。

しかし、それはしばらくの間でした。

ある日パパが帰って来てから家の中の空気は黒い雲におおわれ、やがて嵐がきそうな雰囲気でした。あかねちゃんも私も部屋の隅で息をこらしていました。嵐はポツポツから始まってやがて雷が台所に落ちて、水浸しになって物が散乱して壊れました。

もう私たちにはどうにもなりません。

「おまえら寝とけ」。パパの声がはじけました。私たちは別な部屋で抱きあってぶるぶる震えているばかりでした。

やがてしずかになり、夜明けと共にママのすすり泣きだけが聞こえてきました。しばらく時が過ぎて、ママはあかねちゃんに言いました。

「私たちせっかく新しいお家を買って引っ越して来たけどね、また引っ越さなければならないのよ。この家のローンが払えなくなったの」

「じゃあ小雪はどうなるの？」あわててあかねちゃんはききました。

今ではパパより小雪の方が近い関係にあるからです。

「さあねー、その時になってみないとわかんないね」。大して重要でもなさそうな返事でしたが、あかねちゃんにとっては一大問題でした。でも子供や猫の存在ではこの事態を解決するにはあまりにも大きすぎました。毎日心配する中、ある日ママは荷づくりをはじめました。


引越しの車が来て、荷物を全部載せて、あかねちゃんと私を離して車にあかねちゃんだけを乗せて、すべてが終わった時、ドアがバタンと閉まり、車は発車しました。私は何が何だかわからないままそこにたちつくしていましたが、もう家の中にも入れず、誰もいませんでした。

時は世界中が恐慌の風が吹き荒れて、サブプライムローンとかががはじけてたくさんの人が仕事がなくなり、ホームレス生活になったそうです。そして私もホームレスになりました。

私もホームレス

しばらくは、家族の名を呼び続け、探し回りました。また雪混じりの雨がふってきました。

「寒いよう、お腹すいたよう」。いくら叫んでも助けてくれる人はいませんでした。数日はどうにか拾い食いをしながら何とか過ごしました。どこかの家に入りたくて様子を見ていましたが、どこも固く戸を閉めてしんとしていました。路地には小さなつむじ風が枯葉を舞い上がらせていました。今はゴミあさりも楽ではありません。野生動物が食い散らさないように厳重にしてあるからです。

どこからかいい匂いがしてその方向に歩いていったら、家の戸が少し開いていたので私は入って行きました。ちょうどおばちゃんは揚げ物をしているところでした。

私はできるだけかわいい声で「にゃー」と呼んでみました。おばちゃんはびっくりしたようで

「あら、野良猫が入って来たわ、とんでもない、シーッ、出なさい！」と言って追い出されてしまいました。

「お腹すいたなー、お腹すいたにゃー」。私はまたあてもなくとぼとぼと歩き始めました。

ふと公園の方で仲間の声が聞こえたので行ってみました。そこには何匹もの猫が集まって集会を開いていました。後ろの方で見ていると一匹のおっさんが

「おお、新入りが来たぜ、だいぶおぼこい奴だ」。みんながいっせいに振り向きました。私は怖くて身震いしました。

「そんなに怖がることはねーや、よう、べっぴんさん、こっちへ来ねーか、腹すいてんだろうが。ほれ分け前をくれてやらぁ」。私は何日も食べてなかった

ので周りを気にするよりもその魚にかぶりつきました。

お腹がいっぱいになってほっとしたら周りの声や様子が見えてきました。

ボスに守られて

「ねえちゃん、少しは落ち着いてきたかい」。さっき分け前をくれたおっさんが言いました。

ごっつでかくて、ぎょろついた目玉や体の大きさ、ドスのきいたしわがれ声は一目でこの集団のボスということがわかりました。

「おいみんな、こいつは俺の女やからな、誰も手を出すなよ、万が一おきてを破ったやつはここから追い出すか殺してやる、わかったな」

「ゴロニャー」と十匹ほどの猫たちが一斉に返事をしました。

私はそうっとあたりを見回してみました。しま猫や三毛猫、白黒、茶色、シャムが混じったもの、様々な色合いですが、どの猫も私より倍以上も大きく

て強そうでした。みんな私を見ています。何か挨拶をしなければならないような雰囲気です。私はおずおずと
「は、はじめまして、よろしく」と挨拶をしました。円陣を組んだその猫たちは
「ゴロニャー」と一斉に言いました。
ニーッと笑っている者や匂いをかぎに来る者、物珍しそうにじろじろ眺め回す者もいました。「どっから来たんだい」「まだ小娘ですれてねーな」
「きっと捨てられたんだな」
「なかなかべっぴんや、ボスが抱え込むはずや」

そこでボスは
「今日の集会は終わり！　明日は予定通り十時までにあつまれよ。今日と同じ分担で働いて来いよ」と言ったところでみんなどこかへ散っていきました。
ボスは、「お前は俺と一緒に来い」。あたりは白けて夜が明けはじめました。

私は黙ってボスに着いていきました。小高い茂みの中に洞穴のようになって雨も風もふせげるようになっていて、人には見えないし他の猫たちの様子は全てキャッチできるようなところでした。

「まあ入れ、今日はくたびれているやろからゆっくり休ましてやらぁ」。そしてボスはグアーッといびきをかいて寝てしまいました。


昼間は毛づくろいや寝返りをしてゆっくり過ごします。ただし、耳をぴくぴくいわせてあたりの様子を見ています。そうしているうちに日がくれました。夕日が真っ赤に空を染め、夜のとばりに包まれた頃、ボスは大きなのびをしました。

「そろそろ出掛けるか」と言って大きなあくびをしてから、あたりを見回し匂いを嗅いで安全を確かめてから抜き足差し足で洞穴を出ました。私もまたそっと後から付いていきました。

またぼちぼちと猫たちが集まって来ました。体をなめまわす者、草に体をこすりつけて自分の匂いをつける者、ながながと寝そべっている者、そういう猫たちは獲物を前に余裕しゃくしゃくでした。

こうして猫の仲間に入れたのは、第二回目の転機でした。

野良猫の集会

「ゴロゴロニャーオ」とボスの集合あいずの声が響きました。みんなボスのまわりに円陣を組んで座りました。

「それでは、今日の収穫物を出せ。初めにドラ！」

「ヘイ、焼きたての魚を盗んできやした。ちょうど夕食のしたくをしている時、子供が裏の戸を開けっぱなしにしていたんでね」

「よし」

「次、ゴンタ」

「ヘイ、コンビニの廃棄物からフライドチキンを選んできやした」

「よし」

「トラコ」「あたいもゴンタさんの後について、とんかつを持ってきました」

「次、シマ」「あっしは居酒屋の勝手口から上等ないかさしをちょうだいしてきやした。どじな板前がね、金数えているすきにね」

「他の奴はどうした？　まあいいか、一度に食べきれねーからな。そのかわり一週間も獲物を持って来ねーやつは掟どおりに処分するからな、それで今後の上下も考える」「ほんじゃあみんなで分けるか」「俺がとったら後はブス、喧嘩にならんように分けてやれ」

「へい」

しばらくの間は食事の時間、私もボスの脇で好きなものを貰って食べました。全員がおなかいっぱいになって毛づくろいが始まりみんなこの時が一番安らぎの時間です。

しばらくして、

「全員おすわり！　ボスの演説の時間やぞー」の号令がかかりました。ボスはブルッと体を一振りしてからゆっくりと真ん中に進みでました。

「皆の衆、我々が生きていける条件として分っておくことは世の中の様子や建物の変化や人間の暮らしぶりを知らねばならん。これは野良猫には大事なことだ。この公園だっていつまであるかわからねー。人間って奴は自分らのことだけしか考えねーから、だんだん野良猫は住みにくくなっているぜ。

全く人間って奴はこの地球上で自分らが一番偉いと思っていやがる。俺らはよう、自分が腹いっぱいになれば人のもんまで取らねーけど、人間は欲ちゅうものが深くて金でも物でも際限なくほしいらしいよ。その結果がこの不景気だよな。それも世界中だとよ全く。

金は俺らには猫に小判て言うようにいらんけども問題は人間界の金回りが良くないと食べもののおこぼれが回って来んわけよ。それにこんな奴が増えてきてよ」と私を見た。

「今まで大事にされてた者がポイとすてられたりしてホームレスが増えるちゅうもんだ。野良ではとうてい生きていけんお荷物がやで、どうも人間界もそんならしいけど、若いもんでもホームレスになって食べて行かれんらしい。

人間はともかくとしてだ、町の様子が変わって建物がこわされたり、整理されたりして、世の中が冷え込むと我々のような野良猫は住むところも食べるものもありつけなくなるわけさ。

昔は野良犬狩りがあったが、今はもうなくなった、町に野良犬がいなくなったわけさ。そやから猫も増えすぎたら人間はどんな手段で我々を処分するか分からんからな、あまり目立たんように小集団でくらすことを旨とする。

従ってこいつのような者は今回限りにしておく。みんな仲間を増やしてはならん。今日はここまで。
最後にいつものように掟の十か条をとなえて解散とする」

野良猫生存の為の十か条

一つ、この集まりの数をこれ以上増やさない。　ゴロゴロ。
二つ、縄張りを守る。隣の縄張りを荒らさない。　ニャーゴ。
三つ、仲間割れをしない。　フニャー。
四つ、他人の獲物を横取りしない。　ニー。
五つ、むだな争いはせず、獲物はみんなで分け合う。　オニァー
六つ、上下関係を守る。
それぞれの立場をはっきりさせておく。　ゴロニャーオ。
七つ、どんな小さな情報も必ず伝える。　ニャー。
八つ、昼間はうろうろしない。　ミューッ。
九つ、人間の行動を見張る。　グニャー。

十、交通事故に気をつける。　　　ニャーオ。
一同、人間社会の中で、我々は食を確保し、なおかつ自由である事が我々の本分である。　　　ゴロゴロニャーオ。

以上、この掟を破った者はただちに此処から追い出す。みんな、分かったカー。

「ゴロゴロニャーオ」

「今日の集会は解散！」

ボスは威厳に満ちた顔で終わりを告げ、大きなあくびをしました。

「今日の所は無事に終わった。やれやれ、これが発情の時期になるとこうは行かねー。おう、チビ、寝ぐらへ帰るぞ、付いて来い」

人や車が動き出す頃、我々猫たちはそれぞれの寝ぐらに帰るのでした。

こうして次の日も次の日も無事に過ぎていきました。相変わらずボスの演説は毎日つづきました。

この十か条をみんな理解できとるかな？

「わからん」。「ニ～」。あちこちから声が聞こえました。

「これだけ毎日となえておるのに分からんのか…」。ボスは情けなさそうにつぶやきました。

「これは野良猫が生き延びていくための大事な条件やぞ、これを守ることは自分の命を守ることなんじゃ」

「よし、今夜は一つ一つ解説してやろう」

「一つ目の掟は、これ以上大きな集団になると人目にもつき易く、仲間の統制もきかなくなる。縄張りも広げならんから、隣の縄張りとも争いが絶えなくなる。ボスの力量にもかかってくる。なにせ俺は年寄りだからのう。

縄張りを守るということは、自分の居場所を集団で守ることじゃ。誰かが強いからとか、食べものが得やすいからとかで縄張りを増やして行けば、自然に他の縄張りとぶつかり、争いになる。喧嘩は最小限に留めなければならん。もし、他の群れの奴と出会ったらできるだけ視線をそらして端の方を歩いていくこと。強そうな相手だったら一歩譲って低い所に身を隠すのがよい。誰か先に食べている所には割り込まない。これが安住の得策じゃ。

もし、仲間に子供が出来たら出来るだけ餌をわけてやれ。乳の出る奴は代わってやれ。

子供たちが少し大きくなったら、出きるだけ優しそうな人間の前に放り出せ。人間とうまく共存する事も必要だ。あるいは玉の輿にのれるかもわからん。

上下関係と役割は、群れにとって最も大切な事じゃ。秩序を乱したら常に争いが起こり、物騒でたまらん。尤も人間の世界では親子が殺しあったり、突然出会いがしらに殺されたり、戦争が起こったり、猫にも劣る社会になっているようだがな。我々はゴミはあさってももっと品格のある社会を創らねばならん」

「生きがいと役割は猫にも必要だ。たとえ怪我や、病気で動けなくて獲物をさがせなくとも働いてきたものに、ご苦労さんと声ぐらいかけられるだろうし、誰かが得てきた情報をみんなに伝えることぐらいはできるじゃろ。それも立派な役割じゃ。

そやそや、なぜ上下関係を大事にするかと言えば、みんなで言いたい事だけ主張したら、集団生活がなりたたん。そこは我々野良の生活は力量がものをいう。一番つよいものがそこのボスになって統制する、いまのところ俺にかなうものはおらんじゃろ。

ここで今日のところはお終いにする。この続きはまたな。解散！」

こうしてこの日も暮れたのでした。

公園の樹木はすっかり裸になってこずえで笛を吹いていました。突然小さなつむじ風が枯葉を踊らせています。私も思わず一緒にたちあがりました。（楽しいな）こんな陽だまりで何もかも忘れて踊りました。よく見ると草や樹木はもう来年の準備をしていました。枯葉の下に硬いつぼみや青い芽を蓄えています。この寒さが過ぎればやがて暖かい春が来るんだと思うと私はまちどおしくてたまりませんでした。そしてなぜか体の奥がむずむずしてきました。

私はボスの命令に従って、みんなの後について一生懸命働きました。でも元来のゆっくりの気性ではとてもみんなに追いつかず、「おい、乞食姫」などとからかわれたり、おこられたりしました。一番後ろでおこぼれを頂戴したり、ボスの背中をなめてはおねだりして何とか生き延びていました。

ある集会の時、この間の十か条の解説の続きが話されました。

「どこまでいったかな？　そうや今日は情報交換の重要さを話さねばならん」。ボスは口の周りを手でなめ回してから、もう一度ひげを一なでしました。

「我々はちょっとしたもんでも周りの変化を知らねば生きていけぬのだ。誰か伝えたいことがあればいってみろ」

「へい、いつもの餌場の所の市場が閉鎖になりやした」とデンスケがいいました。

「何か人間の世界では大きな不況風が吹き荒れていて、投資していた漁業組合とかが巻き込まれて借金で店が続かなくなったらしいですわ」

「ふん、人間どものバカめが、欲のかき過ぎで老後の金を貯めようなぞと考えるからじゃ。その日の糧が与えられたら十分だと思わんかい。全く欲が深いのか心配性なのか、日本の政治が悪いのか全くこちらまで響いてくるよな。はい、次」

「カラスが増えてゴミを荒らすので、ゴミ置き場にネットや柵がしてありやす。足を引っ掛けて動けなくなった子猫がカラスにさらわれていきやした。

そういえば、この間は電線に止まっているすずめが何物かに鷲づかみにされてさらわれていくのを見やした」

「これでまた餌場の確保が難しくなってきたなあ、どの生物界も必死なわけだ。次は」

「別な公園で大量に猫が毒殺されたようです。人間が毒を混ぜた餌をまいたようです」

「あぶねーなあ、みんなよく鼻を利かせろよ。本当に人間界は馬鹿ぞろいだよ。そういえば若者の中で大麻とやらを吸うのがはやっているらしい。何でそんなに自分から命を粗末にするかねー全く」

「餌場確保の対策としては、とりあえず、今人間界では選挙前であちこちに人が集まっているから事務所の裏で待て。弁当の残り物にありつけるじゃろ。ただし、人間が食うものにはたまに毒がはいっているらしい。どうも外国から来たものでひどい毒を混ぜた餃子があるらしい。よく嗅ぎ分けるんだぞ。

人間どもは今我々の時期以上に気が立って、野良猫なぞ目に入らぬから心配ない。

どうも総理大臣が代わるらしいぜ、それで世の中の景気がよくなってくれれば我々も住みやすくなるかもしれん。人間はうそをつくからあまり期待はできんけどね」

「というように情報はいかに大事かわかったかな。合わせて人間の動きも見るんやぞ」

「交通事故にも気をつけねばならぬ。だいたい猫はとっさに道を渡る癖がある。右を見て、左を見て、もう一度右を見てゆっくり渡る。車かて猫でもひくのはいやだから見えたら避けるから、とにかくゆっくり渡れ。

何にしても自分の命は自分で守る。これが鉄則だ。よし、おわり」

もう一度十か条をとなえるぞ。

ニャー。ニャー。ゴロゴロニャー。

ボスとの別れ

新年がやってきて、あたりは不況の中にも何か期待する気分がただよっていました。

さて、猫の世界では大変な時期を迎えました。あたりが騒然としてきて、みんなの目はらんらんと輝き、うなり声と戦いの気風がまんえんしています。私はわけもわからず、隅の方に隠れてオスどおしの喧嘩をただ眺めていましたが、ひとりでに体がむずむずしてくるのです。

「ギャーオ、ゴロギャーオ」。凄まじい戦いも決着がついたようです。

するど一匹のオスが私を襲いました。そこへボスが助けにきてくれてまた戦いがはじまりました。その間に私は何がなんだか分らないうちに背中を噛みつかれました。

ボスの声が聞こえました。

「逃げろ！　よその奴らじゃ。早く逃げて別な所に行け！　お前なら人間とうまくやっていけるから何処かの家を探せ。気にいったら絶対はなれるな」最後は聞き取れないような声でした。ボスもどうやら大怪我をして何処かへ追われてしまいました。

けがの巧妙

私は夢中で逃げました。何処をどう走ったのか覚えていません。ある茂みに入って誰もいない事を確かめて一息つきました。すると今度はひどい痛みに襲われました。ふと背中をなめると大きく皮がちぎれて赤い血が滴り落ちていました。しばらくはなめる元気もなくじっと耐えていました。夜が明けても動けずお腹がすいても動けません。

私はそのまま気を失ってしまいました。

私は、全然知らない道を歩いていました。そよふく風に浪のようになびく草の道はまっすぐに何処までも続いています。いやな猫たちの匂いもなくて、草の香りがひげをここちよくくすぐります。私はいっぱいほおずりして、私の匂いをつけることができました。

するとそのときです。目の前がふぁーっと明るくなりました。その光はだんだん近づいてきてまぶしいほどになりました。頭を低くして通り過ぎるのをまっていたのに、私の前でその光は止まりました。それは譬えようもないほど青く輝いた美しい鳥がはばたいています。そして私を案内するかのようにゆっくりと前を飛んでいきます。私は思わずその方向についていきました。

私は歩いて歩いてとうとう歩けなくなって倒れてしまい、そのままわからなくなってしまいました。あの青い鳥もいつの間にか見失ってしまいました。

それからまた日がくれてちょっと落ち着いてきました。家の明かりがいくつもっていました。「そうだ、また荒くれ猫にやられるかもしれない。何とかしなければ」。最後にボスが教えてくれたような家を探そう、幸い足は動きました。背中の血も何とか止まっていました。

このごろの家はどこも戸締りがよく、縁の下も入れなくて隠れるところもありません。私はとぼとぼと隠れながら歩きつづけました。人間同士でも倒れていてもなかなか助けてくれない時代です。

ふと緑に覆われた古くさい家が目に留まりました。「ここだ」と私は直観しました。そして玄関の脇の植え込みの下にうずくまりました。ここなら人が猫から守ってくれると思いました。なぜかといえば、私は小さくて弱いから目立たないし、大きな猫は目立つから住人が強い猫を追い払ってくれると確信したのです。

さて、ここから私の第二の猫生が始まるのです。

第三回目の転機が訪れた

私は家の中から誰かが出てくるのをじっと待ちました。するとおっちゃんが勢いよく戸を開けて出てきました。まだ声をかける勇気がありません。何度も出たり入ったり、どうもすずめに餌をやったり、金魚に餌をやったり、何かとこまめに動いています。こんなに周りの生き物に物をあげるなら私にもくれるかもしれないと、小さな声でニャーと言ってみました。

「あれ、こんなとこに猫がいるやん、あっ怪我しとるぞ」

おばちゃんが出てきて「困ったねー。もう生き物は飼わないことにしてるから餌をあげないで」とおっちゃんに命令しています。もう私の体は痛くてお腹がすいて限界に達していました。おっちゃんの通るたびに私はねだりました。何でもいい、とにかくすると「ほれ」とすずめにあげるパンを投げてくれました。

かくかじりつきました。

その後すこしずつ鳴き声を大きくしてねだりました。おっちゃんは自分の夕食の一部をなにげなく投げてくれるのですが、おばちゃんは強行に私の出現を拒否しました。「こんな雌猫引き寄せたら雄猫が寄ってきて大変よ。近所の迷惑にもなるし」。しかしおっちゃんのお陰で食べものとねぐらとは確保できました。しかし背中の傷はなめてもなめても良くなりませんでした。

もうこの家に来て二ヶ月が経とうとしています。そのうちおばちゃんも「もう餌をあげてしまったからには軒先だけは貸してあげるから」ということでなにか一段落というところとなりました。そうなると半分認知されたようなものです。

おばちゃんは、

「戸をたたけよ、さらば開かれんと聖書にあるけれどこの猫がそれを示してくれたね、何でもすぐにあきらめたらだめということを教えてくれたね」と言いながら

「何とかその傷を治してあげたいものだよ」と私の傷を気にしはじめました。

お婆ちゃんの薬をつけてあげようと私を捕まえて薬を塗ってくれました。

「ほんとにお前は不運な子だねー、まだ若いのに痛みと不安を背負ってつらい毎日を送っているなんて、じゃれ遊ぶ余裕もないなんて、なんとかわいそうな子だろう」としげしげとながめました。


私は本当は怖いのですが、「ニャー」とお礼を言いました。おっちゃんは「天下晴れてお前に餌をやるからほれ、うまい物でも食って早く良くなれ」と言って肉の塊や自分で食べているものの良さそうな物は何でもポンと投げてくれました。そしていつの間にか私の名は「しろ」と呼ばれていました。

白い毛並みに茶色と黒のリボンと縞々のしっぽがその名のゆえんです。

そしてだいぶ良くなりかけて元気となり、自分のいごこちのいい場所を見つける事もできて、のんびりと日向ぼっこができるまでになりました。

緑の葉が茂り、花が咲き誇り、太陽があたりを包み込んで生き延びた喜びを感じたころ、またこのかいわいのドラ猫が鳴きはじめました。再び恐怖の時期です。おばちゃんはわめきながらドラ猫を追い払い続けました。

でも私の体は気持ちと反対に体はむずむずしてきます。おばちゃんも夜中までは払いきれずに諦めた頃、私は低いうなり声をたてたら、また知らないドラ猫に襲われてしまいました。

そしてまた何日かが過ぎてあたりが静まった頃お腹に異変が起こりました。すこしずつ大きくなってきました。


季節は梅雨に向かって雨が降り続く中、背中の傷もまた大きくなってきました。おばちゃんは何とかしてあげようとうるさく呼びますが、私はもう触られたくもないし、それにお腹も痛くて縁の下にこもりました。なんだかお尻から出てきたように思いますが、背中の傷の方が痛くて、それがお産だったかどうか分かりませんでした。

今度は口の中が痛くて食べられなくなり、どうしようもなくなって「なんとかしてー」と出ていったところ娘さんが帰ってきて、「しろをいつまでもこのままにしていたって治らへんやろ。飼うんなら病院に連れて行って早く治そう」と言うが早いか私をつかまえ、病院に連れて行ってくれたのです。この娘さんの強い決意の救いがなかったら私はきっと怪我がもとで命を落としていたでしょう。お父さんとお母さんは、お金がかかるからお医者にはかけないと話し合っていたからです。

これは最大の転機でした。

病院通い

若い夫婦の先生が、「かなり重症ですね、もう長い間の傷ですから、腐っている所を切り取り、周りの皮を寄せて縫い合わせ、入院してしばらく点滴して様子をみましょう。今後の治療にあたっては、先ず手術をして、それが約…万円、点滴と入院費が…万円、治療費用が…円。二週間後に抜糸をしますが、その後もしばらく治療が必要です」。先生が説明をする度におばちゃんの眉がぴくぴく動きました。「お宅で飼われますか？　もし飼われるのでしたら避妊手術も。外で飼うと病気がうつることもあるので、出来れば家の中で」。おばちゃんは
「そんな室内でなんかとても飼えません。年寄りの世話もあるし」とえらいけんまくで否定しました。
　若い先生はそのけんまくに押されておずおずと言いました。
「傷を治してもまたやられる可能性も大ですし、この子は性格がいいから里親を探すとか…」。そう言ったとたんに、おばちゃんもおねえちゃんも
「里親を探すくらいなら家で」と同時に答えました。こんな大きな傷を負った野良猫を誰が貰ってくれるというのか。それに途中で人の手に託すなんて、ちょっと無責任かもしれないし、結局おばちゃんは今まで自分がまくし立てて

いた理由を自分からくつがえしたのでした。

「こんな大きな傷や白血病で食べにくく、のろまな猫を人に託す気にはなれません」とおばちゃんが言ったところから大きく事情は転換したのでした。

みんなほっと安堵の胸をなでおろしたのです。

そういうわけで、私は新しい家に改めて家族の一員として迎えられました。何とすばらしい転換でしょう。念願の家の中で昼も夜も家族と一緒に居られるのです。あんなに怖くて眠れない夜も、寒くて一人で震える夜も終わったのです。新しい家族はお父さんとお母さんと、おばあちゃん。それに忘れてはいけないのが時々帰ってくるお姉さん、私の命の恩人です。

いったん家族として迎えられるとみんな温かく声の調子まで変わります。私はおばちゃんをお母さんと呼ぶことにしました。私はお母さんより広い部屋が与えられ私専用のベッドとトイレが置かれ、ご飯は缶詰をあれこれ、ときづかってくれます。そしておおかたの世話はお母さんになりました。お父さんはこうなると口も手も出せないようです。

隣の部屋にはおばあちゃんが寝ていました。元気なようなそうでないような、話はするのですが、なんか奇妙なのです。お母さんは大きな声で「立って！」とか「だめ！」とか私にも分かるほど大きな声で取っ組み合いのかっこうをします。何かわからず、私は自分が怒られているような気にもなり、ずっと前にあかねちゃんの家で喧嘩をしていた姿と重なり、思わずその度に出ていってニャーニャー鳴き続けてしまいます。終わると安心してまた寝ます。後で分かったのですがそれは喧嘩じゃなかったのです。それはお母さんがおばあんを抱き上げて、おしっこをさせている様子だったのです。

それにしてもおばあちゃんは、何で一人でおしっこができないのかなぁ、私なんか怪我していてもちゃんと自分で出来るのに……

おばあちゃんがたまに留守にする時は私はその部屋にも行って占領します。少しずつ、自分の居場所を広げていってそのうちこの家の中は全部私の領域にしようと内心は計画しています。

しかし私の傷はなかなか治りませんでした。三十針縫った傷は二週間経っても完治せずにじゅくじゅくと水が出てきてはそれがかさぶたになり、それを剥がしてまた薬を塗る、包帯を巻けば中で化膿してさらに傷は広がる。また再手術の心配がでてきたのです。

お母さんは私が野良猫の時とは打って変わったように親切でまめに世話をしてくれます。

まるで猫なで声で話し掛けてきます。「家族になれば話は別よね。責任があるもんね。それにしても、あんたのねばり勝ちだねー。

「聖書にね、最後まで耐え忍ぶ者は救われる」という聖句があるけど本当だねー。絶対ここでこの人たちに頼る、という信念があんたにはあった。少しぐらい拒否や抵抗にあってもあきらめちゃいけないんだってことをあんたから学んだよ。

よし、こうなったらとことん付き合ってやるからね。あんたから生き方を学んだような気がするよ」としみじみと私をながめました。

私はボスが最後に言ってくれた言葉を思い出していました。「信用できるもんに出会ったら絶対に離れるなよ、それがおまえが生きる道だ」

「ボスはどうしているかなあ」、自分が安心出来たら今度はボスが心配でたまらなくなりました。きっとあの集団には戻れないだろうと思いました。だって一度負けたものはたとえボスであろうとそこには居られない掟があるからです。

テレビをみていたら、猫の社会の方がはるかに楽かもしれません。人間社会は大変なことになっているらしいのです。貧しい者は益々貧しくなって仕事もなくて病院にも行かれなくて、学校へも行かれない子供もできているらしいのです。経済大国の日本だったらしいのに何でだろう。困っている人たちが多くなってとうとう国民が立ち上がって選挙のときは派閥争いの結果、総理大臣を選びなおしたらしいのです。もっとも人間はウソをつくし、力もないのにありそうにふるまうから猫の方がよほどすっきりしているかわからないですけどね。

ボスにまた会いたい～、と思いながら私はいつの間にか寝てしまいました。自分でどうしようもない時は出来る限りの努力をして、後はただじっと我慢しながら次の機会を待つしか方法がないことをボスから教わったからです。

それから度々病院に連れて行かれました。私にはこれがいやなんだけとしょうがありません。お母さんはもう覚悟が決まったらしく、お金のことは口にしませんでした。私も家の中に入れられて、初めはなかなか信用できずに外へ出ようとしたりしましたが、数日すると自分の部屋が与えられ大事にしてくれるのでもう外に出る気持ちはなくなりました。この大きな傘のようなものをはずしてくれて、思い切り体をなめられたら言うことがないほど幸せなのに、いつまで続くんだろうと不安になりました。

また縫った傷がはじけてしまって元のようにケロイド状の大きな傷になってしまいました。長い間治らなかったので、皮膚の再生が悪いらしいのです。おまけに口の中はエイズのせいか物が飲み込みにくくて普通の食事ではむせてしまいます。お母さんは心配のあまり缶詰の種類を替えたり、しょっちゅう傷の具合を気にしたり、話しかけたりするので私は、

「もうしばらく一人にしといて」

と、うっとおしそうに言ったらわかってくれたらしくあまり触らなくなりました。その間寝たふりをして私は私なりに人間を観察したり、人間の猫観を思い出したりしていました。ボスに聞いた話だと人間たちは、私たちを次のよう

にたとえているらしいのです。
＊猫背（背中が丸くて姿勢が悪い）
＊猫なで声（わざとらしい）
＊猫の額（狭い）
＊猫の目のようにすぐ変わる（事と次第で表情が変わる）
＊猫舌（熱いものを熱いうちに食べられない）
＊猫マンマ（混ぜ飯）
＊猫に小判（猫には物の値打ちがわからない）
＊猫の手（忙しいので暇そうな猫の手も借りたい）
＊猫かぶり（嘘をついて知らん振りをする）
＊猫のひげのちりを払う　？

なんて猫をばかにした表現でしょうか。でも最後にこれらの全てを挽回して余りある言葉を思いだしました。これは今までの嘲笑をすべてくつがえすほど人間には欲しいものなのです。

●招き猫（福を招く猫の置物を入り口に置いておくと福が入ってくる）

本当にあった話

「たま」という猫が和歌山電鉄の貴志駅の駅長になっているそうです。貴志駅は一時廃線の危機にあったらしいのですが、たまが客を招いて利用客が一・五倍になり、車で来る客の整理におわれているという皮肉な現象もあらわれているらしいのです。「招きすぎた猫駅長」という書き出しでたまの凛々しい駅長姿の写真が毎日新聞に掲載されていたのをお母さんはしげしげとながめて、「なるほど人を引きつけるだけの貫禄があってほれぼれするね〜、今の総理大臣にこのくらいの力量と貫禄があったらこんなに世の中はひっくりかえらないのにね、猫の中の猫だよたまは」。いや、たまはもう猫ではないのかもしれないと私は思いました。だって人の計画したとおり毎日のハード勤務と人ごみに耐えているのも猫には考えられない暮らしです。

本来猫というものは、気分でしか動かないものなのです。しかし、たまの肝っ玉姿に、人は完全に振り回わされ、猫になめられているのを見るとこきみよさを感じます。でも猫の就労期なんて人間から比べたらごく短いあいだなのに、猫に頼っていてどうすんだろうねー。本当に先が思いやられるよう。ニャーネ。

いいことではありませんか、人間だけで社会が出来ていてもおもしろくないし、私たち動物だっていろんな役割をもって生きていることを証明してくれたのですから。私も言葉こそ通じないけど人間と猫の社会を渡り歩いたことでいろいろ分かってきました。

私の役割

私の傷は思わしくなく益々ひどいケロイド状になってきました。口の中にもぶつぶつが出来て、食事がしにくいのです。お母さんは何とかこの傷を治してあげたいとしょっちゅう覗いてはその傷に触りたがります。私はイヤーと迷惑そうに言います。「お互いに苦になるねー」。悩んだあげくまた再手術をすることになりました。ついでに避妊手術もした方がとか話しています。私は手術の前の晩も当日の朝もお母さんにニャー、ニャーとしつこく懇願しました。「そんなこと言ったってその傷が治るまで頑張らなしょうがないでしょ。私だって金がかかるのに決心したんだからいいかげん覚悟きめなさい。だけど何度もかわいそうな子だよ」と泣く度にやさしくなでてくれました。お母さんの手は、私の一番気持ちいいところをなでてくれるから幸せな気分になりついゴロゴロのどをならしてしまいます。私は内心人間社会の都合で私の種族保存機能《きのう》を断ち切られたり、家の中に囲われたりするの？　あんまりだよと思ったけど、これも人間を頼る限りはしょうがないと思いました。

私の傷はなかなか治りにくく首には大きなカラーが巻かれ、体もなめられず、ごはんも食べにくいのです。もう二ヶ月もこんな状態でつらいのですが、もう痛みもおさまったので、うれしくて何かお母さんのお手伝いが出来ないものかとずっと昼寝をしながら考えました。

今できることはええっと…そうだ、お母さんは朝が起きにくいらしいから私が起してあげよう。そう思いついて次の朝自分が目が覚めたときに、私は張り切って隣の部屋からニャー、ニャーとお母さんが起きるまで鳴きつづけました。するとおばあちゃんが目を覚まし、ふすまをトントン打ちはじめました。とうとうお母さんは目をこすりながら起きてきました。「今何時だと思っているの、まだ五時前だというのに。寝る時間が遅いんだからこんな時間に起こされたらたまらないよ。まったく二人ともいいかげんにしてよ」

「だって私にはお母さんが起きる時間が分からないんだもの…ゴメンニャサイー」と小さな声でつぶやきました。次の日はもう少し遅れてもう少し小さな声で起こしました。でもまだちょうど良い時間がよく分かりません。一週間ぐらいして「この辺で」という時間がやっと分かりました。それが七時という時間で、やがてぴったり合うようになって、お母さんからほめられるようになりました。

私が元気になってきたらお母さんはいろいろなことを私に話しかけてくるようになりました。まず傷の様子をちょっと看てから、

「今日ね、知ってる人がね癌になって入院したの。あの人もこの人もよ、私も心配だなー、検査に行ってないからわかんないだけよ、きっと」

「ニャーね、私のことやおばあちゃんばかり心配していないで自分も大事にしたら」

「あのね、ずいぶん長い間いっしょに付き合ってきた人がこの間亡くなったの。その人は片方の体が麻痺していてね、もっとほかのいろいろな病気ももっていて、最後は癌だったんだけど、その人からは一言もぐちや嘆きらしい言葉を聞

いたことがなかったの。いつも今の自分を受け入れてそこから出発していたのよね、きっと」「フーニャ」

「しろちゃん、聞いて、聞いて、私ね、懸賞論文入選したよ。きっとあんたがお礼にそのチャンスをくれたのかな。それからね。みんなでお茶を飲んで楽しく過ごす場所をつくっているでしょ。そのことを書いたら、もう一つ、企業からの福祉助成基金を申請したらそれも採用されて、今度テレビもカラオケもパソコンも付けられるよ。みんなもっと楽しくなるよ。世の中ずいぶんせちがらくなって来ているけど、しろちゃんにみならってトントンと門を叩けば受け入れてくれることだっていっぱいあるんだね」

「ニャーオ、それは良かったねー。きっとお母さんは誰にでも親切だから天に届いたんだねきっと」

そうだ！　来年の年賀はがきにあんたの福を招く猫（本当はトラだけど）でみんなにおすそ分けしよう。

「おばあちゃんはますます頭と体が離れていって言った事が通じないのよ、やんなっちゃうよ、しろちゃんの方がよっぽど通じやすいよ」

「フニャー、人間同士でもそんなこともあるのかねー」

お母さんは私の頭をなでながらつぶやいています。

「ついでにお腹もさすってよ、ゴロゴロ」。私は横になって目をつぶります。

「おまえも立派に私の癒しをしてくれているんだね、ロボットの猫じゃこんなふうにはいかないよね、よしよしかわいいねー」。まあどんな形でも役にたっていて、私も気持ちが良かったら私も恩返しができたというものよ。めでたし、めでたし。

甘えすぎて

家族の一員となって人との生活もすっかり馴染み、居心地は抜群です。ただ難点は生活の音、つまり掃除機の音はたまらない。その他テレビやせとものの ぶつかる音や大きな声などびっくりしたり、はらはらしたり、気兼ねをしたりはありますが、それは共存のうえでしかたないのです。それよりも安住の生活がどれだけ嬉しいか、比べ物になりません。

しばらくの間人間の家族といっしょに私は贅沢に平穏な暮らしがつづきました。

外は木枯らしが吹き始め、樹木はすっかり葉を散らせ風の音が笛のように鳴っています。

「寒いよう、寒いよう」。せっかく私の為に用意してくれたトイレと、箱のベッド付きの6畳の部屋は豪華なマンションのようだけど私のお気に入りは、おばあちゃんの部屋にあるポータブルトイレの下なのです。そこは前にボスと住んだほこらのようにまわりに囲みがあって安心感があり、そのうえホットカーペットが下にあるからポカポカと何ともいえない暖かさ、おばあちゃんのおしっこの匂いなんてかまわないわ、別にここで縄張り争いをするわけじゃないんだから。でも時々おばあちゃんがおしっこをする時にはようしゃなく剥ぎ取られるのがそのうち腹立たしくなって泣きわめいてやります。

お母さんは怒って「あんたの為に置いてるわけじゃないでしょ。こういうのを本末転倒って言うんだよ。お前は良く考えてごらん、去年の今頃どんな暮しをしていたか。大怪我をして寒空の下でお腹をすかせてぴーぴー鳴いていたのに。二十四時間の介護付き待遇の猫なんてめったにいないのに。ぜいたくはすぐにあたりまえになって、口からは不服しか出てこなくなるのは人間も動物も一緒なのかね」

「この頃のあんたは自分の場所があるくせにここがいいとか、食べ物が口にあたるとか、トイレの砂が少なくてかけにくいとか、朝はお母さんが決まった時間に起きて来ないとか、文句ばかり言ってるからこの頃顔つきまで、憎らしくなってきたじゃないの」

「何と言われてもここはどかないからね。文句たれはお母さんに似てきただけさ」。私は固い決意をもってポータブルトイレの下に居続けました。

時には白衣を着たお医者さんやピンクの制服を着た看護師さんが来てなにやら大きな声で取っ組み合いをしているようです。

「静江さん、はい立って。お風呂に行きますからね、服をぬぎましょね」「静江さん、血液をとりますよ。じっとしてて」。初めは私がびっくりしてその度に目を丸くしてはにゃーにゃーわめいていましたが、どうも喧嘩ではなさそうなのでそのうちに慣れてきました。全く人間の間は複雑で理解しにくい面がたくさんあります。

そうそうこの頃の人間社会は不安定な状況が続いているらしいのです。お婆ちゃんの部屋でテレビを見ていたら、日本の国のボスが交代したけどお金を持ち過ぎて隠したらばれてしまったり、ボスの後ろであやつっているものがいたりしてはっきり自分の気持ちを表せなかったり、何かと派閥争いが続いているし、上下関係も金や名誉で右往左往するらしく、猫の社会のようにすっきりいかないらしいのです。

だいたい、平和にする為の戦争とか、正しい戦争とか、まことしやかに理由をつけては優位に立とうとするけれど、人が人を殺したり自然を破壊したりすることに正しい理由なんてないはずだけどね。本当にばかばかしい社会です。

でもこの家はちょっと他と違っているようです。だいぶ個性が強い三人だから、それぞれに生活軌道をもっているらしくかえって話にならないらしく、あまりたいしたいさかいもなく暮らしています。

とにかく人を寄せるのが大好きらしく、お父さんは中二階の自分の部屋にあらゆる人を誘って食事をふるまったり、趣味の時計とか石とか自慢して話題がいっぱい、思いあたる人が居なかったらたまたまやって来たセールスマンまで引き込んで接待してお母さんに文句を言われています。

お母さんも福祉とかで集まりとかいうことで大勢の人がしょっちゅうやって来て絶えずしゃべっていて、今時こんなに昔の暮らしに近い家もめずらしいようです。だから私も受け入れてもらえたし、やがては大きな顔で文句が言えるまでになれたのかもしれません。

もうすっかり猫の社会から足を洗い、外での暮らしなど記憶が薄れて、出て行きたいとも思わなくなりました。

青い鳥に乗って

また春の息吹を感じる頃となりました。庭には椿の花が咲き、以前はその木の下でうずくまっていたことをおもいだしました。

外ではまたあのいまわしい時期がやってきて、ドラ猫たちがおたけびをあげています。しかし私はもう何のときめきも感じません。温かい寝床とお腹がすく心配もなく、何よりも一人ぼっちではないからです。

お母さんは人が来るたびに、まるで孫のように話題に乗せるのでみんな私を覗きにきます。

背中の傷もすっかり白い毛並みに覆われ、自分でいうのもなんですが、ちょっとはうつくしい容姿を自慢できるほどになりしばらくは贅沢三昧に甘えた暮らしが続きましたが、今度は口の中が痛くていよいよ食べものがのどを通りにくくなってきました。お母さんは一番食べやすい缶詰を買ってきてくれたり、食べ物はすべてミキサーにかけて流動食にしてなんとか少しでも食べさせようと工夫してくれるのですが、私は「痛いから食べられないよう」と鳴きつづけました。痛み止めもだんだん効き目がなくなり、だんだん少ししか食べられなくなり、とうとう水さえ飲めなくなって、だんだん痩せて寝てばかりいる日が続きました。

家族は私の前を通るたびに心配そうにのぞきこみ、声をかけてくれるのですが、返事もしにくくなってきました。

やがてもう痛い感じもなくなりました。だんだん意識ももうろうとしてきました。


何日か過ぎて、そんなある日、また強い光がさして何かがこちらに向かって飛んできました。まぶしくて目が明けていられないほどです。「どうしたのだろう」とびっくりしていると、あの時のあの「青い鳥」が舞い降りてきました。その翼は私をこっちに来なさいと招きます。私は立ち上がりました。不思議に体は軽くて歩けます。私は青い鳥の背中に飛び乗りました。青い鳥は私を背中に乗せるとすばやくはばたきながら大空に舞い上がりました。

「幸せの青い鳥」に乗って私は次の世界に飛び立ったことを知りました。その宇宙のかなたには全ての生物を造られた神さまが居られて、また全てのものが帰るところだってお母さんが言っていたのを思い出しました。

「おかあさんー、今度は私も一緒に迎えに来るからねー。みんな、みんなー。あ・り・が・と・う」と言ったつもりですが声にはなりませんでした。

空は真っ赤に輝き私たちを茜色に染めました。

「そうだ！　あかねちゃんに会いに行くんだ」。一瞬そう思いました。ボスの声にも似た、いやもっとすごい声がひびきました。青い鳥はそれに応えて「キーン」と一声鳴き、その方向に進んでいきました。

青い鳥の背中はビロードのじゅうたんのように豪華で、温かで今までに嗅いだこともないいい匂いに包まれました。そして私は青い鳥の背中でいつの間にか眠ってしまいました。

第一部　おわり

第二部　宇宙のかなたに向かって

太陽系の間を通って

青い鳥は、地球の大気圏を抜けると話しはじめました。

宇宙語に切り替わったからです。

「これから目的地まで宇宙の星たちを見学しながら行くからよく見てごらんなさい」と青い鳥が言いました。

ふりかえってみると、青くて大きな星がゆっくりと回っています。時折白い雲に覆われて模様のようなものが見えます。まるで糸巻きに糸がからまっているようにも見えます。

「あの糸のようなものは何ですか？」

「人工衛星さ、いろんな国が自分の国のために打ち上げたごみみたいなものさ。宇宙では腐らないからね、困ったものです。人間は地球の外まで汚しているんです」

そういう間にもどんどん離れていってもう細かいものは見えなくなって闇の中に青い地球がぽっかり浮かんでいます。「なんて美しいんだろう、私はあの中に住んでいたんだ」。もう戻れないんだと思うとちょっと悲しくなりました。

「星は数え切れないほどあってね、あなたは地球だけしかまだ知らないからね。これからいろんな姿をして、それぞれの個性を持った星があることを知ることができますよ」

私は宇宙船よりもっと速くて、青い鳥の背中のふかふかのじゅうたんに座ってこれから宇宙見物です。

しばらくすると一つの星が見えてきました。

月の横を通って

「あれが月ですよ。地球から見るときれいに光って見えるけど太陽の光を受けて光っているだけで、本当は真っ黒で乾いている星なんです。人間が月までやってきたときは大変なさわぎようだった。月の石をちょっと持っていって博覧会まで開き、まるで宇宙の支配者になったほどのいきおいだった。この頃はもう月ではさわがなくなったようです。最近水の跡をみつけたらしい」。でも地球ほど生物が生きられる条件がないから地球と同じ生物はいないし、まああまりおもしろくはないですね。でも人間たちは宇宙ステーションにしようと今も探索を続けているんですよ」

「少し飛ばしますよ。なにせ宇宙は果てしなく広いから目的地まではまだまだ何億光年もかかるんですから」

一光年ってなんですか

「その何億光年というのは何ですか？」

「光の速度ですよ、秒速三十万キロメートル、一秒で地球を七回り半回る速度なんですけどね」

「だから一光年っていうのは、光が一年で九・五兆キロメートル走るということなのです」

「ふあー、気が遠くなる数字ですねー、だれがそれを測ったのですか？」

「一応地球から来たから地球の測りでいいますけどね、二十世紀初めのころ、アメリカの天文学者でなんでもハッブルっていう人が宇宙望遠鏡をつくったらしい。そしてね、ハッブルの法則っていうのを定めたのです。その法則を使って宇宙を測るのもおもしろいものですよ。もっとも正確なところははかりしれないですがね。そもそも宇宙を人間が把握するなんで無謀な試みですよ」

空は満天の星空で、地球上からしかも私のような地面から見ていたものとはまったく別の光景です。

まるで宝石がふりそそぐ中を、それに当たらないように避けながら猛スピードで走ります。

しばらくは声もでなくて、ただ見とれていました。

あれが火星

突然大きな黄色い球体が目の前に現れました。

「あれが火星ですよ。地球からは一億三百万キロメートル離れているからもうそんなに飛んできたわけです。今は冷えて氷の雲におおわれてフリーズドライの火星と人間は呼んでいるらしいです。そういえば、ついこの間アメリカがこんどは火星に進出する予定だとか言っていたようです。

まあ、宇宙に挑戦もいいでしょう、やれるところまでやってみたらいいのですよ、自分たちだって宇宙人の一種なのですから…」

しばらく氷の嵐の中をくぐりぬけると、またとてつもない大きな球体が目の前にせまってきました。

木星は大きいなあ

「太陽系で一番大きな星で、木星と呼んでいます。半径が地球の十一倍、だそうです。

あの縞模様は西風と東風が吹く中で十時間に一回自転しているからしま模様に見えるんですよ。そんな中に巻き込まれたら大変、目的地までつかなくなってしまうから遠回りして飛ばしますよ」

はるか先の方で真っ赤な爆発が起きています。

「な、何ですかあれは！」私は驚いてたずねました。

「星の誕生ですよ。周りのチリやガスを集めて圧縮されて、ついに爆発しているんです。そうして太陽も生まれたのですよ」

「そのうち太陽も年をとり、死んで行くのです。もちろん地球も、他の星たちもね」

宇宙は生きている

「宇宙は生きているのですよ。人間とは時間の単位は違いますが、同じように生まれて、波乱万丈の一生を送り、やがて死んで、ちりになって、また集められ、作り直されて新しい星となる」

「どうですか、地球の生物たちもそのメカニズムに組み込まれて生命を維持しているのがわかりましたか」

そうなんだ、私は子供も産めなかったけど、病気で早く死んでしまったけれど、宇宙の中に組み込まれて大きな生命体の中で生きているんだ！

そして今もその中にいるんですね。

銀河の中を

大きな川が流れています。

「宇宙にも川があるのですか？」

「今に分かりますよ、もう少し近づいたらね」

それは、たくさんの星の集まりでした。その光の輝きは、私が山の上から街の灯を眺めたのとは比べ物にならない美しさでした。

誰がこんなに星を作ってちりばめたのだろうと不思議でたまりません。

青い鳥は、それらの星の間を猛スピードで泳ぐように渡りました。

「これはアンドロメダ銀河と名付けられて、ここから出る光は、二百二十万年たたないと地球に届かないのですよ」

「へぇー、そんなに、私の手と足じゃ数えきれないわ」

「まだまだ驚くのは早い、こんな銀河系は、もっともっと数え切れないほど宇宙にはあるのですよ」

私の行く先は

「それで私はどこまで行くのですか？」

「それは宇宙の果てに居られる方のところまで、この宇宙とその秩序を創造されたところに皆集められるのです」

「そういえばお母さんが読んでいた聖書に同じようなことが書いてあったわ。ええと、お母さんが読んでいたところは、何だか神様が天をつくられたっていっていたこと…」

「ああ、天地創造のくだりですね。私が教えてあげましょう」

「はじめに神は天と地とを創造された」

「神は、おおぞらを造って、光と闇とを分けられた。神は大きな光に昼をつかさどらせ、小さい光に夜をつかさどらせ、また星を造られた」

「神は、海の大いなる獣と水に群がるすべての動く生物とを種類に従って創造された」

「神は、地の全てのものを種類にしたがっていだせ、最後に人を神のかたちにかたどって創造し、全ての生物をつかさどらせた」

「これで、誰がこんなとてつもない大きな世界を？　という疑問が片付いたでしょう。神という全てを越えるお方がいると全ての秩序が納得できるわけです。

「今は人間を中心に考えているから、地球上の生物の支配者としてまかされている」とあるのです」

「そのように聖書には書いてあるけど、その後、人間は増え過ぎて、秩序を乱し、ごらんのように支配し過ぎて結局自滅の一途をたどっているのですよ」

人間の役割

「人間が任されたのは、全ての生物が調和良く生きていけるような知恵をあたえられただけなのに、自分の欲と力で地球を支配しようとしているところが、やがて神の怒りを受けることになるでしょう」

「考えてもみなさい、人間の細胞一個でも初めからつくれるでしょうか。人間は科学を学んでその仕組みの発見をして、せいぜい移植や増殖程度をこねまわして鬼の首をとったように騒いでいるのです。

地球の元素を見つけても星の一つでも作れるというのか、せいぜい近い星に探査機を送る程度、あるいは、少数の人たちがやってくる程度なのです」

地球の寿命と生命体

「もうしばらくすれば地球も消滅するでしょう。ただし、宇宙時間で言っているから、億単位の時間が経ったらの話ですがね。

でもこれだけの星が生まれかわっているのですから、隕石がぶつかる確率はいまでも大きいですがね。

そういえば恐竜が絶滅したのも隕石が地球にぶつかって、太陽の光がとどかなくなって地球上の温度が下がって生きられなくなったらしいですよ。ついこのあいだも木星に隕石が落ちたらしい。もし、木星人が居たとしたら、絶滅か…地球におちていたらひとたまりもないところでした。とにかくみんな先が分からないから生きていられるんですよ。ハハハ。

もし来年のこの日に地球の終わりが来るからその準備をしなさいと言われたとします。台風と同じようにね。あなたなら何から始めますか？」

「ええと、ええっとー。わからない。あまりに大きすぎて分かりません。きっと何もできないでしょう。だって非難する所が無いのですから」

「そう、何もできない時には、宇宙を造られた方に向かって祈るしかないのですよ」「新しい命をください。私を新しい命につないでくださいってね」

「そのためには、今の魂がきれいでなかったらいけないのです。私のように一人一人の魂を乗せて無数の鳥たちが宇宙の創造主に向かって飛んでいるのです」

「へー。どこで誰が死んだか、その人がいい魂なのかそうでないのか分かるのですか」

「そんなのは全てが万能な造り主に分からないはずがないですよ。悪いことや悪い考えをもっただけでもお見通しです。

もし本人が生きている間に心から悔い改めればそれもちゃんと分かるのです」

魂の浄化

「神様は、その生物を宇宙へ回収するときに、私たち青い鳥が任され、どんな魂も、乗せて宇宙までは連れていきます。もしその人が最後まで悔い改めなかった場合は、途中であの、荒々しく噴き上げている灼熱の星に放り込んでくるように命ぜられているのです。

純粋な魂だけを集めて、また美しい星を造るのです。だからあんなに美しい光を放っているのです」

「ふうん、どうしたら清い魂でいられるんですか？」

「二千年も前に神を信じた人間が書いた本で　聖書とかいう書物に宇宙の成り立ちも、全ての生物の存在も、そして人間の生き方もみんな書いてあるらしいです。それでもなかなか人間は上手に生きられないから、神様は、ご自分の息子を人間のかたちにして世に送られたのです。人のあるべき姿を示されたのです。その後、神を信ずる人がその教えを、後世の為に書き記したのが聖書です」

「ところがです、悪い人間の心がその神の子を殺してしまったのです」

何が重要か

「生きた長さが重要ではなくて、どんな心で生き抜いたかが大事なのです。あなたも自分の生きていた時のことを思い出してごらんなさい。どんなに痛くてもどんなに淋しくても誰かを求めて一生懸命生きようとしたではないですか。その結果いろいろな人に助けられて幸せになったでしょう」

「はい、そのとおりです」

基本的に生物は単独では難しい。特に人は一人では生きられないのです。人の愛や、仲間の優しさに出会いながら暮らしたこと。与えられた命をまっとう出来たことに感謝せねば完結できないのです。

「私は感謝しています。みんなにありがとうの気持ちでいっぱいです」

「神様は、人間に対して大きな怒りをもっておられます。果たして、悪い人間が増えすぎた地球をどのようにして作りかえられるのか私はまだ聞いておりません。その後に人間が生き残っていれば、また御子は再臨されるでしょう」

地球と太陽の年齢

「ああ、すっかり長話をしているうちに、私たちはもう太陽系も過ぎて、オリオン星雲の中を飛んでいるのです。距離は、千五百光年のところです。どうです、この高速ジェットで熱いガスを噴出し、引き裂くような衝撃波は地球の火山など比べようも無い規模ですよ。とてつもない魔物が暴れ狂っているようでしょう。

こうして、太陽系も生まれたのです。

地球の年齢って何歳ぐらいと思いますか？」

「ええと私が三歳だから、一万歳ぐらいかしら…」

「ごじょうだんを。

地球は大体四十億三百万年ぐらいといわれています。

太陽で四十五億六千六百万年くらいですかな」

宇宙では、絶えずどこかで星が死に、チリが集められてまた新しい星の材料となって新しい星を生み出しているのです。

人間も、全てのいきものもみんな同じなのです。そうして深いつながりの中で大きな生命体の中に一個の生命体があるのです。

そしてそれは永遠に引き継がれていってるわけです。

生命の引継ぎ

「あなたは、その永い生命体の、ほんの一部を地球で担ったのですよ」

「どんなに短い時間でも一生懸命その時間を生きれば、神様は全てをご存知だから、きれいな星の材料に使ってくださるのです」

「分かったような気がします。それでは私は今神様のところに向かっているのですね。そしてきれいな星の材料になるのですね」

「そうですよ、あなたは最終地点まで行きますよ。

そこは、始まりでもあり、終わりでもあるところです」

「宇宙はどんどん広がっています。神様は果てしなく宇宙を広げて銀河を造っては、暗黒を開拓されています。まだまだ宇宙の果てまでは時間がかかりますから、少しお休みなさい。目がさめたころには全く別な美しい世界に到着していますよ」

闇の世界に数知れぬ星が光っています。

あっ、あそこに流れ星が見えた！　こちらにも流れた！

あんな遠くで真っ赤に燃えて爆発している。花火よりもっともっと大きなものです。耳が聞こえなくなるような爆音です。

私はもう目が開いていられなくなっていつの間にか何もわからなくなってしまいました。

参考資料
「ハッブル望遠鏡が見た宇宙」野本陽代　R．ウイリアムズ著　岩波新書
「宇宙人としての生き方―アストロバイオロジーへの招待」松井孝典著　岩波新書

幸せってなんでしょう

今から、ある夫婦のお話をしましょう。夫はまだ日本が景気の良い時代に働き盛りでしたから、夜も昼も大きな会社の歯車の一つとなって働きました。夫は家に帰るのはいつも夜中で、また朝早く出かけましたから、子供たちの寝顔しか見ていない日々が続きました。でも世間一般もそんな気風でしたから特に深く考えずに何年もこんな生活を続け、小さな家を買いました。

妻は二人の子育てと義父の看取りを済ませた後、小さい頃から憧れていた看護師の資格を取り、大きな病院で働きました。彼女は決して目立たず、一人一人の患者さんに何が必要かを見極めて、気がついたことは進んで行いました。

この夫婦が働いていた時代は、日本は高度成長期で誰もが身を削って働く一方、労働組合は労働運動が高まり、賃金要求も高まった時代です。世の中は活気に満ち、物は溢れ、アルバイトでも結構暮らしていけました。経営者は安い労働力を求めて外国労働者を導入しました。

人の考えは時の状況に流されるものです。医者も、教師も、牧師でさえもサラリーマン化して（それが悪いわけではないが）精神面で希薄化していったのです。

そう、そうあの一組の夫婦の話でしたね。そういう社会情勢の中で、彼女の病院も「医療制度改革や看護師待遇改善」の運動が盛んになり、その活動時間は休日を返上するほどの大忙しでした。

やがて世間は逆風が吹き始め、不況の嵐が猛威をふるい、バブルという巨大風船をパンクさせ、怪獣のような大企業でさえ崩壊させ、小さな会社はその餌食となって消えていったのです。経済の立て直しと称して国は国民の生き血を吸い上げ大量な国債をばら撒いています。人間社会が造って来た優越なる社会とは汚職の溜め池から腐敗した泡がはじけています。これは人間が知恵と知識を振りかざし、欲に任せて走った結果なのです。

地球上で一番偉いのは人間だと勝手に思い違いをしてしまったのです。結果、その豊かさは子供をニートにして、生態系も狂わせてしまったのです。今や環境問題とか、先端技術でプラスチックを処理するとか、今まで自分らが出したゴミ処理に四苦八苦しているだけ。どうして発売する前に廃棄処理のことを考えないのか…。今困っている原発もしかり。

そう、そうあの一組の夫婦のことでしたね。

思えば二人とも初老にかかっていました。ここまで人並みの生活を無事に歩み、残された時間は自分たちの思うような仕事をしたいと願っていたら、はたして新しい出会いが待っていました。

妻は地域医療に力を入れているクリニックに誘われ、医師と共に在宅訪問をすることに。まさに彼女の思い通りの看護でした。点滴はハンガーを利用するような不自由さはありましたが、患者さんを丸ごと把握でき、信頼できる医師と共に首を長くして待って居てくれる患者さんを訪問し、誰に気がねなく、握手やハグができる喜び。信頼関係の中での看取り。喜びも悲しみも共にしてやりがいを感じながら目の回るような忙しさの中で夢中で働きました。

そんな時また新たな出会いがありました。

「出会い」というものは不思議なものです。自分の心を開くと自然にチャンスはやって来るものです。彼女がひたすら望んでいた〝野菜を作りたい〟という思いが実現したのです。今の時代、小さな畑はお年寄りばかり。人に優しい彼女はスター的存在になりました。

夫も休日は妻に寄り添い水かけや重いものを運ぶようになりました。

草も鳥たちも太陽の下でみんな生きる為に一生懸命です。（大変なのは人間だけではないな～）夫は思いました。足元に数本のひょろ長い茎を延ばして花が咲いていました。「あの花大丈夫かなあ、棒でも立ててやらないと」

夫は心配しましたが、妻は「大丈夫よ、あの子たちは決して折れることはないよ。風に抵抗しないもの。きっとダンスでもしてるんでしょ」。夫は「なるほど、世の荒波に泳ぐ人生のようだ。不安になるか、楽しくなるかは自分しだいなのか」と我身に置き換えて納得しました。隣の畑ではお百姓さんが耕運機で土を耕していました。もの凄い音にも拘わらず鳥たちは傍らに群がって飛び交っています。見ると、鳥たちは耕した土の中の虫をついばんでいたのです。

今がチャンスと思った時は決して見逃さず、危険を乗り超えて行動するのに見入っていました。

「いったい俺は今まで何をして来たんだろう。人より先端の技術をもち、原発は人類に貢献をもたらすのだと自負してやって来たことは、結果として自然も人も破滅に追い込んでしまったとは…」

この鳥たちは自分に必要なだけしか望まない。夫は小さな畑から大きな自然の仕組みを学んだ気がしました。

一生懸命鍬を振るっている妻の生き生きとした姿にみとれ「あいつはこんなに美しく頼もしかったかな〜」。新たな発見があって、夫はとても気分が良くなりました。ジャガイモ、キュウリ、トマト。作物は愛情と手をかければかけただけ応えてくれます。妻はいっそう熱心に畑に通い、雷に打たれても畑で死ねるなら本望だと言います。畑は二人の距離をずっと近づけました。夫は妻の隠れた魅力に気がつきました。夫は今までにない経験や、花や野菜を愛でることで心が豊かになりました。二人の間には同じ気持ちと時間が流れ妻も心が満たされました。「何てったってこいつ以外の女は居ないな、今があるのもお前のお陰だ」と夫は思いました。ここで外国の男性なら「I love you」と抱きしめるところですが日本の男性はとても不器用です。蝶が二人をからかうように鼻先をかすめていきました。

ある日妻はコンサートの券を二枚買いました。二人揃って音楽会に行くのは何年ぶりでしょう。二人は出会った頃の気分になり、夫は「うん、悪くないな」。妻の横顔を眺めながらうなずきました。

夫は新聞で、日本で初の宇宙飛行士だった人が東日本大震災と東京電力福島第一原発事故を体験した後、管理職への道を蹴って、農業に転職したことを読んで、感銘を受けました。

「そうだ！　俺もそうしよう!!」これからは地に足を付けて自分の食糧は出来るだけ自分の手で。子供や孫たちにも安全な食べ物を自分の手で作ることを伝えねばならない。

土地を汚染してしまった償いを一歩から始めよう。

二人は原発で荒れた農地を買い求め、退職を希望に変えて現地のお百姓さんを先生として新たな門出をしたのでした。

さあ、日本はこれからは「家族農業」の時代かもしれない。資源を大切に。もっと日本を私たちは愛さなければならない。荒れ地にしたり、外国に売り渡したりしたらだめだ!!

二人は〝元気とやる気〟を資本にこれからは「家族農業」を広めて行くことにしました。

今までの償いを胸に、除染、無農薬、有機栽培農業を始めました。

いつの日か、次の世代にこの土地を、胸を張って引き継ぐことが出来るように。

幸せも、平和も一つの家庭から地域に広がり、国家を造り、地球を元気にすることを信じて。二人は手に手を取って朝日に向かって、歩いて行きました。

平和をつくる人

麦の会作業所はいろいろな障害を持った人たちが通う所です。

脳卒中で身体の片方が動かない人、手足は少しは動くけど言葉が出ない人、交通事故で目が見えなくなってしまった人、難しい病気で歩けなくなり、車椅子に乗っている人。

心が疲れて働けなくなった人。

家の中では一人ぼっちの人でもここに来れば仲間がいるし、痛いことも動けないことも忘れて笑えるのです。何より周囲に気を使わなくてもすむのです。一緒の気持ちを分け合ってうなずけるのです。

その中にアイ君もいます。彼は一見どこも悪くないように見えます。

つぶらな黒い瞳はろばの子のように可愛くて優しいのです。身体もよく動きます。

職員さんに言われたことは忠実に守り、その通りに動きます。時間いっぱい精一杯動きます。あまり動き過ぎて手が痛くなってもその仕事が終わるまで働きます。手にはバンソウコやシップがいっぱいはってあるのですが、決して嘆かないし不平を言いません。

隣の席の人が何かしようとしてうまく出来ない時は急いで助けてあげます。

昼休みになると彼は庭に出てギターか横笛を吹きます。

ギターの曲は何か分からないのですが、リズムはとれているような気がします。

横笛はもっとうまくて確かに祭りのリズムです。

誰が聞いていようがいまいが一生懸命奏でます。

その日が流しのギターか祭りかは彼次第なのです。

初めは急に始まるその雰囲気が奇妙なように感じましたが、そのうちにみんなの耳にすっかりなじんでのどかなひと時となります。この空間は時間がゆっくりと過ぎているような気がします。昼休みに音楽が聞こえないと「おや、彼は今日は休みかな?」と誰かが言います。

彼はいつだってまじめに何かを考えているようです。そのつぶらな瞳は自分の世界に浸っているようです。長いまつげがまばたいています。

彼は私に問いかけてきました。「なー、どうして人の物を盗ったり、殺したりするんやろか…」

それは今の世の中、ニュースで言葉に言えないほどの惨忍な殺しや詐欺や戦争や災害が報道されているからなのです。

アイ君の心は不安でいっぱいのようです。

「そんな子になったのは親が悪いんかなあ」。うつむいて一生懸命考えています(彼には両親がいません)。

私はあわてて答えました。

「親だけが悪いんじゃあないよ。こんな世の中にしてしまった大人たちが悪いのよ。

だって赤ん坊の時はみんな純粋でアイ君と同じ目をしていたのよ。人殺しをしようと決めて生まれてきた人はいないでしょう。

育っている時に周りの環境が悪いといい大人にならないんだよね。きっと悪いことをした人たちも周りが良い環境でなかったからいいことも悪いことも分からずに育ってしまった可哀想な人たちなんだよ」

「ふーん、きっと親も悪かったんだよ」と首を振った。

「ほらこの植木鉢の花を見てごらん。せっかくいい双葉が出てきて、どんなきれいな花が咲くだろうって期待しながら水をやっていたのに、途中でちょっとお水をやるのを忘れて枯れかかったり、虫が付いたのに気がつかずにいたら途中でいじけて花を咲かすどころか、命さえも危なくなって来たでしょう。

生きているものにはみんな育つための条件が必要なんだよね」

私は自分に言い聞かせていたのですが、アイ君にとっては難しい理屈はどうでもいい。アイ君はお母さんを早く亡くしたのできっと優しかったお母さんのことを思い出していたのでしょう。

「アイ君はいい人だねー、アイ君みたいな人ばかりだったらいいのにねー」

私は心からそう言いました。

アイ君はにっこりうなずきました。

思わず抱きしめたい気持ちをこらえました。アイ君のお父さんやお母さんは育てる時にこの瞳にどれだけ癒されたことでしょう。この澄んだ瞳を曇らせたらいけないと強く思いました。

アイ君が生き生きと暮らせる世の中になって欲しい、しなければならないと思いました。

これは親だけではなくて世の中全体の大人たちの責任です。

アイ君は、汚れたこの世に贈られた「天からの授かりもの」なのです。

著者プロフィール

木村 敏子（きむら としこ）

1943（昭和18）年生まれ。
茨城県出身。大阪府在住。
職歴：介護福祉士。社会福祉法人妻の会理事・支える会副会長。
著書
『認知症丸に乗って』（株）高速オフセット、2008年
『「認知症丸」から「永遠丸」へ』清風堂書店、2011年

幸せってなんでしょう

2024年7月15日　初版第1刷発行

著　者　木村 敏子
発行者　瓜谷 綱延
発行所　株式会社文芸社
〒160-0022　東京都新宿区新宿1－10－1
電話　03-5369-3060（代表）
03-5369-2299（販売）

印刷所　株式会社暁印刷

ISBN978-4-286-25383-1